Weihnachten vernetzt
von Karin Schneider

Weitere Bücher von Karin Schneider:
„Die Katze im Rollstuhl"
 ISBN: 978-3837010169
„Glücksmomente und
Amboß oder Hammer sein"
 ISBN: 978-3837012248

Bibliografische Information der Deutschen
Nationalbibliothek
Die Deutsche Nationalbibliothek verzeichnet
diese Publikation in der Deutschen
Nationalbibliografie;
detaillierte bibliografische Daten sind
im Internet über http://dnb.d-nb.de abrufbar

© Karin Schneider 2008
Herstellung und Verlag: Books on Demand
GmbH, Norderstedt
ISBN: 978-3837071085

Vorwort

Die Autorin möchte in ihrem Büchlein das Klischee Weihnachten nicht durchbrechen, sondern modern ergänzen (Gold, Kerzen, Zimtgeruch...), kombiniert mit dem Netz und den daraus resultierenden Möglichkeiten (z.B.erotische Kalender und Fotos, das Navi spinnt und der Weihnachtsmann landet im Swinger – Club. Die Autorin erinnert auch liebevoll an das nostalgische Weihnachten ihrer Kindertage. Das alles geschieht in humorvoller, leicht erotischer Art.

FROHES FEST!

„Von drauß', vom ..."

Es war eine kalte Nacht, wie sie eigentlich
für den Winter typisch ist. Alwine und Paul
aus der Generation 50+ hatten schon nach
dem Nachmittagskaffee die Hühnerklappe
zugemacht und die Haustür abgeschlossen
und sich eine schöne Weihnachts – CD ein-
gelegt, so richtig was für's Herz. Das Jahr
neigte sich dem Ende zu und man saß gern
Arm in Arm, denn alte Liebe rostet nicht
laut eines bekannten Schlagers, und ließ
alle Highlights des Jahres Revue passieren.
Ein halbes Jahrhundert hatten sie gemeinsam verlebt. Das Schwere der Jahre hatte
sich in ihre Gesichter gezeichnet, doch, was
ist schon ein Gesicht ohne Spuren? Eine
solche Jungfräulichkeit steht dem Alter
nicht mehr zu. Gelebtes Leben muss man
einfach sehen, das passt, würde die Jugend
sagen. Obwohl man immer sagt, Essen ist
die Sexualität des Alters, achteten Alwine
und Paul auf gesunde Ernährung, das ganze
Paket mit Omega -3 und –6 Fettsäuren,
Fisch und Gemüse und seit Dieter Bohlen
für die Becel-Produkte Werbung machte,
wurden auch die bevorzugt. Denn schon

„Min Herzing" ut Warnemün hät seggt:"Jeden Dag ‚nen Hiering un du warst 100!" Dormit de Adern nich verstoppten, gäw dat ok 'nen Köm.

So war das mit den beiden. Nach dem A-bendbrot gab es die Nachrichten, nicht mehr mit Klaus Feldmann, sondern seit einigen Jahren mit Peter Kloeppel. Da auch noch „Weihnachten bei Frank Schöbel" wiederholt wurde, ging es erst nach 22.30 Uhr ins Bett. Alwine machte sich im unteren Bad bettfertig, während Paul den Fernseher ausschaltete und die beiden Gläser abspülte und abtrocknete. Hinein in diese Geschäftigkeit ertönte die Klingel an der Haustür, total ungewohnt für diese Zeit. Da Alwine unten herum schon ohne war, rief sie: "Paul, mein Schatz, sei bitte mal so nett und geh' zur Tür. Es hat geklingelt!" Alwine war gespannt und bereitete sich leise weiter für die Nacht vor, natürlich mit Dove pro-age. Paul schloss auf und sah im Lichtschein der Laterne eine kleine Frau so a`la Vietnamesin oder Thailänderin, die aufgeregt fragte: „Du mir anrufen?" Bei Paul wurde sofort sein Helfersyndrom aktiviert. Er sprach ganz aufgeregt: „Ist etwas passiert? Kann ich Ihnen helfen? Wollen Sie bei mir anrufen?" „Nein", entgegnete sie nun etwas energischer, indem sie mit dem Zeigefinger der rechten Hand auf ihre Brust zeigte: „DU **MIR** ANRUFEN???!!!" Bei Alwine im Bad waren schon alle Lichter aufgegangen, sie hatte Mühe, ihr Lachen zu verbergen. Sie hatte begriffen, dass diese Person Hilfe brauchte, aber solche, mit der Alwine auf keinen Fall einverstanden war und Paul mit Sicherheit auch nicht. Dieser ließ seinen Blick schweifen und sah in einiger Entfernung ein weißes Auto mit HGW und einer männlichen Person am Steuer und jetzt begannen auch seine grauen Zellen verstärkt zu arbeiten und er verwies auf die Nachbartür 7**A**. „Nu kommen de Domen mit de 0190-er Nummer schon vör de Husdör, wo man se doch gor nich bestellt hätt", war Pauls Kommentar. *Ja, unter weihnachtlichen Vorfreuden versteht Gott sei Dank jeder etwas anderes.*

Alle Jahre wieder...und doch anders

1.12. und die Vorfreude wird immer größer. An diesem Tag kann man das Schenken und die Heimlichkeiten schon mal üben. Weihnachtszeit – Kalenderzeit. Elke und Tobias hatten schon einige Klippen im E-hehafen umschifft. Sie gehörten zwar nicht zu den regelmäßigen Swingerclub – Besuchern, waren aber für so manches andere offen, besonders traf das auf Elke zu. Was für ein Kalender sollte es sein? Es war wie mit allen anderen Dingen auch, man wusste den Termin das ganze Jahr lang, aber auf den letzten Drücker kamen meist die besten

Ideen. So auch in diesem Fall. Elke hatte

sich extra Zeit genommen für ein Shopping

und das will vor Weihnachten schon etwas

heißen. Sie lag schon einige Stunden wach

und machte sich Gedanken. Ein Milka –

Kalender sollte es in diesem Jahr nicht sein,

sondern etwas ganz Besonderes, etwas

nicht Alltägliches, das ihnen beiden gefiel.

Das wäre natürlich der Treffer. Die Kinder

waren in der Schule, Tobias war auf der

Arbeit, in der DDR hätte man so einen Tag

glatt als Haushaltstag deklariert.

Nach dem Müsli und dem Activia-Joghurt
mit Geld-zurück-Garantie dachte Elke sich,
ein bisschen surfen im Internet wäre auch

nicht schlecht, denn der Tag fing ja erst an. www.beate-uhse.de klickte sie an und sah gleich die News- saisonal voll angepasst. Es wurde ein Adventskalender für SIE, für IHN oder für BEIDE angeboten. „Wow, das wär's doch", ging es Elke durch den Kopf. Sie machte sich mit den Modalitäten vertraut: Warenkorb füllen, Zahlungs- und Versandart wählen und die Bestellung abschicken. Elke freute sich über ihre originelle Geschenkidee, über frischen Wind im Schlafzimmer, hatte aber andererseits auch Bedenken, ob Tobias sich auch über diese „Überraschung" freuen würde.

Der 1. Dezember lag auf einem Samstag, beide hatten dienstfrei und soooo viel Zeit. Mit dem Kalender hatte alles bestens geklappt. Er war rechtzeitig angekommen in einem neutralen Karton mit einem unverfänglichen Absender. Als Versteck wählte Elke die Zwischenlade im Wäscheschrank und legte das Päckchen dort hinein. Der Tag war gerettet.

Nach dem Mittagessen schlich sich Tobias mit einem verschmitzten Gesichtsausdruck in die Werkstatt mit der Begründung, schon einmal den Tannenbaumständer zu suchen. Elke ging unter die Dusche, wählte ein Gel mit Zimtaroma und die passende Lotion dazu und sprühte Chanel Nr.5 in die Kniekehlen, Armbeugen und in die Haare, zog ein Etuit-Kleid an und betonte ihre schlanke Taille durch einen breiten Gürtel. Danach holte sie ihr gut getarntes Geschenk hervor und wartete auf Tobias. Dieser benutzte die Dusche im Keller, klopfte sich noch etwas Parfum an die Wangen, zog neben Socken, Boxershorts ein sportives Hemd an und eine Joker-Jeans. Anschließend öffnete er seinen Werkzeugschrank. Neben Akku-Bohrern, Schleifmaschinen und Heckenscheren war ein Päckchen versteckt, ein grauer Karton, schlank und flach. Er nahm die Postsendung und begab sich mit schnellen Schritten, man konnte ihm seine Vorfreude ansehen, ins Wohnzimmer. Er staunte nicht schlecht, als er Elke sah. Er war so verwirrt, dass er gar nicht bemerkte, wie seine Frau ein längliches Päckchen von der Couch nahm und sich eng an ihn schmiegte. Tobias wischte sich innerlich die Schweißperlen von der Stirn und konnte die Situation noch nicht richtig einordnen. Elke ergriff die Initiative und forderte Tobias durch Gesten auf, mit dem Auspacken zu beginnen. Tobias legte sein Geschenk auf Elkes Schoß und bat sie ebenfalls auszupacken.

Das, was Elke sah, glich ihrem Geschenk um ein Haar, nur dass die Aufschrift lautete: FÜR SIE. Beide waren richtig überwältigt und verschmolzen zu einer liebevollen Symbiose. Da der 1. Dezember war, fehlte noch eine für diesen Tag typische Handlung, das Öffnen des ersten Türchens. Beide platzten bald vor Neugierde. Jeder öffnete s e i n Türchen. Elke stieg ein bisschen die Schamröte ins Gesicht. Denn ab sofort hatte sie auch einen für die Handtasche. Tobias hielt einen Penisring in der Hand, der ihm einen längeren Stand ermöglichen sollte. Beide waren nach dem Schenken glücklicher als vorher. Das wiederholte sich noch weitere 23 Mal. Hinter dem letzten geöffneten Türchen befand sich folgender Spruch: *„Wenn ihr euch liebt, werden sich immer wieder neue Türen öffnen!"*

Beide hatten es geschafft, dem Alltagstrott zu entfliehen, hatten sich von alten Gewohnheiten gelöst und so ihrer Liebe eine neue Tiefe gegeben.

Per Mausklick ins Glück?

„Weihnachtsmann, du Bester, bring´ mir eine Schwester! Weihnachtsmann, du Guter, bring´ mir einen Bruder!" Oder eine Konsole, die neuesten Spiele, einen Lederfußball, ein Trikot von den Wilden Kerlen, etwas aus dem Hause Douglas, das das Leben schöner macht und und und – der Weihnachtsmann hatte sich schon daran gewöhnt, Glücksbringer, Geschenkeüberbringer für diesen einen Tag im Jahr zu sein. Aber da er auch schon in die Jahre gekommen war und öfter einen rosafarbenen Schein vom Arzt brauchte, war er in diesem Jahr besonders erschöpft. Es war schon weit nach Mitternacht, als er an der Tür zu seiner Einraumwohnung angekommen war. Die schweren, mit Schnee bedeckten Stiefel nahm er mit in den Flur, denn sein Weihnachtsmannkostüm nebst Stiefel musste er nach dem Fest wieder bei seiner Agentur für Arbeit oder Job-Börse, wie sie sich auch nannte, wieder abgeben, doch daran mochte Weihnachtsmann Fridolin jetzt noch nicht denken. Vor der Wohnungstür waren die Stiefel einfach nicht sicher. Er hatte so vielen Menschen Freude bereitet und ihnen den Glauben erhalten, dass das Leben sich lohnt, dass sich Barmherzigkeit auszahlt, dass die Liebe in Paarung mit Glaube und Hoffnung das Größte ist. Ja, wer Freude und Liebe verschenkt, bei denen kehren sie auch ins eigene Herz zurück. Wenn Fridolin sich so umsah, war er weit entfernt davon. In seinem Kühlschrank waren einige Produkte vom Billigdiscounter, denn das Leben ist bekanntlich am schwersten einige Tage vor dem Ersten. Aber es war heute nicht nur das Materielle, was Fridolins Seele belastete, er fühlte sich in dieser Nacht einsamer als sonst. Das kannte er von sich eigentlich gar nicht, denn er saß ganzjährig , bei Hitze und Kälte, bei Sonne und Wind und Regen mit seinen beiden Kumpels in der Bushaltestelle und sie pichelten einen vor sich hin, man nannte sie schon scherzhaft „Die Drei von der Bushaltestelle". Manchmal kam noch ein vierter Mann mit Hund dazu – das hatte dann Ähnlichkeit mit einem Serientitel aus dem DDR-Fernsehen „Vier Panzersoldaten und ein Hund!"

Wie gesagt, Fridolin hatte so etwas wie eine handfeste Krise, ein Seelenmalheur. Er bereitete sich ein karges Mahl zu, denn Essen und Trinken hält ja bekanntlich Leib und Seele zusammen. So gestärkt, kehrte wieder ein wenig Selbstbewusstsein zurück und er setzte sich an seinen Computer. Zwar war es nicht das neueste und auch nicht das zweitneueste Modell, aber er konnte sich die Welt ins Wohnzimmer holen, war eben auch *drin*. Er surfte so ein bisschen rum, ohne Ziel, einfach so, bis er stutzig wurde und etwas genauer las. „Was stand da? Begleitservice nur für einen Abend?" Alles, außer Sex war erlaubt. Ganz billig war dieser Kundendienst auch nicht, aber einmal in dieser Nacht nicht allein sein, das war zu verlockend. Vom Rest Oldesloher Klaren und und einem Schluck Rosenthaler Kadarka schon etwas angesäuselt, fasste er Mut und klickte mit der Mausi-Maus auf diese Agentur, die Seite ging auf . Als das Prinzip des Unternehmens erklärt war, erschien gleich ein druckfertiges Formular. Er wählte unter „Women" aus und lud sich einige begleitwillige Damen herunter. Nun hatte er die Qual der Wahl. Er durfte das Budget nicht überziehen. Er fand SIE heraus für ein paar gesellige Stunden nach der Bescherung. Da Weihnachten war, konnte er den

Expressservice nutzen, so dass er in dieser Nacht, der Heiligen, nicht allein sein musste. Fridolin setzte seine a`la Mustermann – Daten ein und blickte auf den Button „Bestellung abschicken". Schon nach wenigen Minuten erhielt er eine E-Mail, die seinen Auftrag bestätigte. Fridolin fühlte sich wunderbar, er hatte ein Ziel, sein Leben hatte einen Sinn. Er schaffte in seinem Zimmer grob Ordnung. Die Möbel, einige Stücke aus dem Haus mit den vier großen Buchstaben, einige seltene Exemplare vom Sperrmüll, stellte er hufeisenförmig auf. Auf seinen blauen Ledersessel war er besonders stolz. Das war sein „Chefsessel". Er hatte ganz schnell für Gemütlichkeit gesorgt und summte vor Freude die Melodie von „O Tannenbaum..." vor sich hin. Nun fehlte noch ein Geschenk, denn „an Weihnachten" gehörte das einfach dazu, das wusste er aus eigener Diensterfahrung. Er überlegte. Eigentlich war er doch Geschenk genug, aber er fand noch einen Karton „Mon cheri", Süßes und Likör – das machte sich bestimmt gut. Die Zeit verging schnell, da klingelte es . Fridolin ging zur Tür und war überrascht, welch Herzensdame er sich ausgewählt hatte. Er half ihr beim Ablegen der Garderobe und bat sie, im Wohnzimmer Platz zu nehmen. Etwas unbeholfen überreichte er die mit der Kirsche und goss Glühwein in die Henkeltassen ein. Seine Begleitdame nahm alles dankend an und ihre Wangen glühten nicht nur vom Wein, denn draußen war es kalt gewesen und die warme Stube machte Wangen rot, außerdem hatte noch die Aufregung die Hand im Spiel. Bärbel, so hieß die Dame, hatte auch eine Kleinigkeit für Fridolin mitgebracht. Schokoladenbrezeln mit Liebes- Kirsch – Pralinen, die wurden gleich verzehrt und verfehlten ihre Wirkung nicht. Fridolin war auch schon bisschen andedüdelt und die Zunge ging auch schon schwerer. „Was hälst DU (sie waren mittlerweile schon beim DU angelangt) vom Sex?" Bärbel war nicht auf den Kopf gefallen, wie man so sagt, und antwortete: „ So lange sie zwischen 5 und 7 steht, ist alles in Ordnung. Fridolin hatte schon etwas Mühe, den Sinn zu entschlüsseln, aber er war nun völlig enthemmt und machte Bärbel unzweifelhaft klar, dass sie in dieser Nacht noch eine Bescherung zu erwarten hatte. Bärbel, für einige Stunden bei der Agentur gebucht, schmeichelte diese Aussicht und ihr war klar, dass sie über den Vertrag hinaus bei Fridolin bleiben würde.

Womit wieder einmal bewiesen wäre, dass sich Gegensätze anziehen und die Liebe ein seltsames Spiel treibt. Was dann noch passierte in dieser ach so stillen und heiligen Nacht, bleibt der Fantasie eines jeden überlassen.

Feuchtgebiete im Sommer

Weihnachtszeit ist Marktzeit. Der Duft aus Fettigem und Süßem, aus Tannen und Glühwein ist wie ein Pawlowscher Reflex – Weihnachten zu fasten ist keine so gute Idee, man stellt sich selbst ins Abseits und kann sich über das abgenommene Kilogramm nicht so doll freuen wie zu anderen Zeiten im Jahr. Man verpasst eine wichtige Gemeinsamkeit – das Schlemmen, besonders auf den schon traditionell gewordenen Weihnachtsmärkten, wo neben Losbuden und Schaustellern auch das leibliche Wohl nicht zu kurz kommt. Es ist, als ob der

Verstand aussetzen würde, man kommt in den Sog von Schoko- und kandierten Äpfeln, Nüssen, Mandeln...so schweifen meine Gedanken zurück zu einem Tag im Juli, der mir meine erste Erfahrung als Marktfrau bringen sollte. Ich hatte einen Stand auf einem Büchermarkt irgendwo in unserem Land. Schon die Vorbereitung machte mir große Freude – Kisten und Kasten, Wechselgeld , Proviant für mich usw.

Der Sonntag begann mit einer sonst eher ungewöhnlichen Geschäftigkeit am frühen Morgen. Ein Blick zum Himmel ließ Hoffnung aufkommen auf einen regenfreien Tag. Auf dem Markt angekommen, bezahlte ich mein Standgeld und reihte mich ein in die anderen Standbetreiber und begann mit der Arbeit: Bücher präsentieren, den

Stand verschönern, sich mit seinen Nachbarn rechts und links bekannt machen – ein kleiner Rosenstrauß in einer Keramikvase setzte den Schlusspunkt und die Kunden konnten kommen. Obwohl ich mir fest vorgenommen hatte, nichts persönlich zu nehmen, wenn Leute mit einem prüfenden Blick an meinem Stand vorbei schlenderten oder lustlos in den von mir liebevoll zurechtgelegten Büchern blätterten, gierte ich doch nach einem Verkauf, und sei es nur für einen Euro. Auf dieses Erfolgserlebnis musste ich exakt 65 Minuten lang warten. Dann wurde an eine lesefreudige Kundin ein Buch von G.H. verkauft. Ich war richtig stolz. Ich hatte meine eigenen Bücher im Angebot und andere, die nur einmal durch mich gelesen worden waren. Highlight waren die viel diskutierten „Feuchtgebiete" von Roche. Mit diesem Buch ist es ähnlich wie mit der Zeitung mit den vier großen Buchstaben, keiner will sie gelesen haben, wenn man danach fragt, aber die Auflage ist in Millionenhöhe. Ich war innerlich schon so gespannt, wann, ob überhaupt oder an wen ich dieses pinkfarbene Buch mit dem imitierten Heftpflaster wohl verkaufen würde.

Bis 14.05 Uhr musste ich mich gedulden, dann wurde meine Neugier gestillt. Ein Bärtiger, geschätzter Endvierziger von kräftiger Gestalt legte das Buch diskret mit den Worten vor mir hin: „Können wir über den Preis noch reden?" Ich dachte: „Klar, wenn es nicht über den Inhalt ist!!!" Seine Blicke waren eine Mischung aus *zum Glück ist meine Frau noch an einem anderen Stand und die Kinder sind bei Oma ODER jetzt mach´ ich Butter bei de Fische und kaufe mir das Buch und lebe meine Fantasien richtig aus.*

Wir trafen uns finanziell in der Mitte meiner Preisvorstellungen. Mein Gegenüber hatte nicht bemerkt, dass ich schon eine Plastiktüte in der Hand hielt und eine zweite in Reichweite lag, sonst hätte er nicht mit leichtem Vorwurf in der Stimme gefragt: „Soll ich jetzt mit **dem** Buch **so** über den Markt gehen?" Natürlich nicht. Ich steckte es in eine Doppeltüte und übergab das Teil mit den Worten: „Ich weiß doch um den Ruf dieses Buches. Ich selber habe es in der Wohnstube immer mit einem Tuch zugedeckt, falls Besuch kommen sollte, brauchte er nicht gleich die Richtung meiner Lektüre erkennen."

Mit so geschütztem Kaufexemplar verließ er schnellen Schrittes meinen Stand in entgegengesetzter Richtung. Ich hatte begriffen, warum „Feuchtgebiete" im Sommer so wichtig waren.

P.S. Im Vertrauen, ich dachte zuerst immer, das Ding hat was mit Geografie zu tun. Gibt es da noch jemanden, der auch zuerst auf der falschen Spur war???

Der Weihnachtsmann im Swinger

„Mein Navi spinnt total", wird Weihnachtsmann Fridolin im Nachhinein gedacht haben, denn dass selbst er in seiner Funktion nicht vor Überraschungen sicher ist, zeigt die folgende Begebenheit. Es fing alles an wie immer. Der elektronische Postkasten quoll seit Anfang Dezember über, Vorbestellungen en masse für den 24.12. – wie sollte er das bloß alles schaffen? Ohne ausgefeilte Logistik und einen Familienvamp statt Rentierschlitten war da nichts zu machen. Neben Märchenbüchern, Puppenwagen, Kuscheltieren und Legosteinen tauchen immer wieder News auf den Wunschzetteln der kleinen, aber auch der großen Kinder auf. Der einfachste Wunsch, der aber mit am schwersten zu erfüllen ist, ist der Wunsch nach gemeinsamer Zeit mit und in der Familie, z.B. alles in Ruhe machen, spazieren gehen, irgendwo hinfahren, in einen Klettergarten oder eine lustige Ausstellung.

Fridolin war gut gerüstet für seinen Einsatz und gab die Anfahrtsorte so in sein Navigationssystem ein, dass er möglichst viele

Punkte gleichzeitig anfahren konnte, um die Umwelt und auch sein Portmonee zu schonen. Es verlief alles planmäßig. Die Kinder waren brav, die Zuordnung der Geschenke stimmte auffallend gut und eine Kleinigkeit für den Weihnachtsmann war in so mancher Familie übrig. Fridolin konnte zufrieden sein, der Tag und auch der frühe Abend vergingen rasend schnell und Frido hatte sich eine Pause verdient. Er war bestens ausgerüstet gegen Hunger und Durst und ließ es sich schmecken, noch eine Hausnummer – dann hatte auch er seinen verdienten Weihnachtsfeierabend. Also los, den Zielort ins Navi eingeben und feste Gas – auch das letzte Kind sollte pünktlich überrascht werden.

Fridolin bediente sein Auto fast mechanisch, erreichte die Sternengasse 19 und ging schweren Schrittes mit dem fast leeren Sack die Treppen hoch in den dritten Stock. Hier zeigte sich, dass er sich nicht umsonst an seinen Zeitplan gehalten hatte, denn er wurde schon sehnsüchtig erwartet. Nach Gedicht und Liedstrophe sah er in erwartungsvolle Kinderaugen. Die Eltern waren dankbar und selbst Katze Mia schaute etwas gelassener unter der Couch hervor. Jetzt nur noch 1x nach Hause eingeben – duschen, umziehen, die Füße hoch legen, vielleicht noch ein Getränk und etwas Musik, mehr war heute nicht mehr von ihm zu erwarten, denn er hatte 300% gegeben. Er drehte den Schlüssel im Schloss um und fast schon abwesend (die Polizei möge diese Zeile überlesen) startete er den Motor und hielt das Lenkrad locker mit einer Hand fest. Die Navi-Tante nervte ihn, aber im Unterbewusstsein machte er, was sie sagte. Fridolin zwang sich, den Sekundenschlaf zu besiegen und glaubte seinen Augen nicht zu trauen, als einige leicht bekleidete Damen, die also nicht der Jahreszeit entsprechend angezogen waren, unseren geschafften Fridolin im Foyer begrüßten. Eh er sich versah, wurden von ihm 100€ Eintritt verlangt und der Weg in die Umkleidekabine wurde ihm gezeigt. An der Bar ordneten sich die Pärchen neu bzw. es bildeten sich gerade erst welche.

Fridolin gab jeden Widerstand auf und machte, was er sollte. Er wartete auf eine Gelegenheit und auf ein geeignetes Gegenüber, um zu erfragen, wo er dank Navigation gelandet sei. Eine eigenartige Anzugsordnung war das hier: alle, ob Männlein oder Weiblein, trugen fast nichts. Frido zog seine Weihnachtsmannuniform bis auf seine Boxershorts aus, legte alles in sein Schließfach im Umkleidebereich und fühlte sich zunehmend unwohl, ja hilflos. Ganz in der Ecke versteckt fand er einen Zettel an der Wand mit der Aufschrift: REGELN IM SWINGERCLUB . Ja, was war denn jetzt los? Hätte Fridolin sein Laptop dabei gehabt, hätte er gewusst, dass so ein Club ein Ort ist, an dem sich heterosexuelle Paare bzw. einzelne Männer und Frauen(Swinger) treffen, um miteinander Sex zu haben. Die Bezeichnung kommt von englisch to swing: schwingen, hin- und herbewegen, von einem/einer zum anderen wechseln. Es wird unterschieden zwischen Pärchenclubs oder solchen, zu denen nur einzelne Damen oder Herren Zutritt haben. „Großer Gott", dachte Fridolin schamvoll, meine Anakonda gleicht nach dem Stress heute sicher einem unscheinbaren Würmchen, das lieber schlafen wollte als sich noch groß aufzubauen. Was also tun? Hier war guter Rat echt teuer!?

Wie durch einen Sog gelangte Frido an die Bar, wo er erst einmal einige Drinks bestellte, um sich abzureagieren. Er trank ziemlich hastig und versuchte zu vergessen. Seine Anwesenheit blieb auch der Damenwelt nicht verborgen. Eine dunkelhaarige Vertreterin des ach so schwachen Geschlechts fiel auch Fridolin auf. Schnell war klar, dass das die Angelika war und das DU ließ nicht lange auf sich warten. Frido hatte die Spendierhosen an und der Alkohol floss reichlich, aber nicht zu reichlich, denn während er bei Frauen oft die Wirkung eines Dosenöffners hat, bringt er die Männlichkeit nicht selten vorzeitig zum Erliegen. Die Sache war klar, es blieb nicht bei der Bar, beide schauten sich um und hatten die Qual der Wahl: Spielwiese, Sauna, Whirlpool, Swimming-Pool, Außenanlagen mit Terrasse, separate Paarzimmer, eine SM-Ecke usw. usw. – Fridolin und Angelika entschieden sich für das „Spiegelzimmer", in das sie sich unverzüglich begaben.

Die Heilige Nacht wurde noch bis zum Morgen ausgedehnt und am Ende war der Sack des Weihnachtsmannes restlos leer, alle Geschenke waren verteilt.

Weihnachtswunsch oder
Einmal wie ein Model oder Promi sein

„Einmal keine Orangenhaut, weniger Schwimmringe, keine Schlaffheit im Busen..., ein Traum." Anne kriegte sich gar nicht wieder ein. Sie war eigentlich mit dem, was der Herrgott ihr mitgegeben hatte, recht zufrieden. Aber man war eben doch keine 20 mehr. Das konnte auch durch das raffinierteste Make-up nicht völlig vertuscht werden. Da gab es doch eine Webseite über erotische Fotografie im Internet, beim Surfen hatte sie sie erst neulich achtlos weggeklickt, aber jetzt sah sie die Sache aus einem ganz anderen Blickwinkel. Ja, was gefiel ihr selber an erotischen Fotos? Wenn Anne so nachdachte, waren es Schwarzafrikaner von hinten fotografiert, ohne Gesicht, nur mit Knackpo, das war geil. Bei Hellhäutigen musste schon ein Gesicht da sein, um das Foto erotisch zu finden. Im wirklichen Leben fand sie Afrikaner gar nicht so anziehend. Wie das alles zusammenhing, war auch mal ein Fall für den Psychologen.

Erotische Fotos als Weihnachtsgeschenk für meinen lieben Schatz, das war's doch. Es fiel Anne schwer, der Routine zu entfliehen, denn mit dem Geschenk aus dem Vorjahr war der Erfolg garantiert. Doch Anne hatte den Mut zur Überraschung und ehe ihr der verging, startete sie den PC und las auf der entsprechenden Seite: „Willkommen auf meiner Webseite für erotische Fotografie! Wenn Sie den Wunsch haben, eine erotische Fotoserie von sich machen zu lassen, sind Sie hier richtig. Neben Mode- und Werbefotos erstelle ich auch Aktfotos für privat ab 65,- € aufwärts. Lassen Sie sich einmal so fotografieren, wie sonst nur Models oder Promis in Szene gesetzt werden. Weitere Infos für Sie am besten telefonisch." Das klang gut, aber Anne hatte nicht solches Vertauen zum Netz, sie holte deshalb die Gelben Seiten und entschied sich für ein Fotostudio in der Nachbarstadt. Sie packte ein paar sensationelle Dessous, Make-up und High Heels ein, nahm ihre Geldkarte und setzte sich zuversichtlich in ihren Clio. Mal sehen, was aus ihrem Körper noch raus zu holen war! Wenn Models mit drei Kindern noch gefragter denn je waren, sollte es bei ihr doch für eine gelungene Weihnachtsüberraschung reichen.

Nach einer entspannten Fahrt betrat Anne das Studio, machte sich mit dem Fotografen bekannt, gleich per DU, das war in der Branche so üblich, und ging sogleich in das integrierte Bad, um sich frisch zu machen. Danach wurde das Licht probiert, ein paar Stellungen wurden geknipst, Anne zog verschiedene Kleidungsstücke an und aus, trug sie einzeln oder übereinander, mischte die Materialien, z.B. Fischernetz und Seidenschal. Es machte alles Riesenspaß, sie merkte aber auch, dass es nicht nur Freude an der Verwandlung war, sondern auch harte Arbeit, denn bestimmte Einstellungen mussten über x-Minuten gehalten werden. Da schmerzte schon mal der Rücken oder der Arm wurde steif.

Nach gut zwei Stunden waren die Bilder im Kasten und Anne sah sie sich zusammen mit dem Fotografen an. Es fiel schwer, eine Auswahl zu treffen, aber es gelang schließlich. Sie entschieden sich für die Nixe, für das Sofa- und Baummotiv. Alles in eine schöne Mappe gelegt, sollte die Wirkung schon vorprogrammiert sein.

Anne konnte den Tag des Schenkens gar nicht erwarten. Die Zeit verging aber schneller als gedacht. Nach dem Krippenspiel in der Kirche gab es Kaffee und Kuchen und dann war Bescherung. Annes Mann Herbert war ein richtiger Romantiker. Er zündete die Kerzen an und goss einen guten Tropfen zum Anstoßen ein. Dann überreichte er seiner Anne ein kleines Päckchen. Natürlich Schmuck – immer wieder neu, immer wieder anders. Man verliebt sich in den Schmuck und auch in den, der ihn schenkt, jedes mal aufs Neue. Anne war übervoll mit Glück, aber eine Überraschung blieb ihr ja noch, Herberts Gesicht beim Öffnen seines Geschenks. Sie hatte die Fotomappe zur Tarnung in einen großen Karton mit Heu gelegt – das erhöhte die Spannung. Herbert begab sich sofort auf die Suche und hielt völlig perplex die Bilder in den Händen. Er freute sich ganz doll, versicherte aber Anne, dass er Lust verspürte auf das Original. Sein Wunsch konnte erfüllt werden.

Bauch – Beine – Po am Heiligabend?

Sport ist Mord, Massensport ist Massenmord oder so ähnlich. Wer kennt sie nicht, diese Sprüche aus den Zeiten des Schulsports? Man spricht sie nach, obwohl fast jeder um die Wichtigkeit sportlicher Betätigung weiß. Ich persönlich halte bis zum heutigen Tag nicht so viel von den sogenannten Mucki – Buden, finde sie aber notwendig für Menschen, die im Alltag nicht genug Bewegung finden. Ich habe mich schon oft gefragt, was treibt Menschen am Heiligabend für Stunden ins Fitness - Studio? Die folgende Geschichte gibt Aufschluss darüber.

Schluss per SMS: Tina fiel in einen schockähnlichen Zustand. Sie verspürte nur noch Leere, Kälte in sich und konnte das alles noch nicht begreifen. Tränen liefen in Sturzbächen über ihr Gesicht, sie erleichterten zwar ihre Seele, schafften aber die Tatsachen nicht aus der Welt. Dabei hatte mit Robert alles so romantisch angefangen. Ein Blick an der Essenklappe der Mensa, dann ein gemeinsamer Liebeseisbecher mit sieben Kugeln nach Art des Hauses. Tina weiß in der Erinnerung nicht, was süßer schmeckte: Eis mit Sahne und Früchten oder die ersten, fast noch heimlichen Schmuseeinheiten und Küsse. Die Frage: Gehen wir zu DIR oder zu MIR beantwortete sich von selbst. Es gab nicht gerade Sex im Auto, dass die Marienkäfer tanzten, aber schon in dieser ersten Nacht war allerhand los. Tina hörte für einen Moment auf zu weinen und träumte sich zurück in die ersten Monate ihres Kennenlernens. Sie krempelte wegen Robert ihr ganzes bisheriges Leben um und wurde Vegetarierin, sie verbannte Pommes mit Ketchup und Majo und Currywurst vom Speisezettel zugunsten von Grünkernbratlingen mit Salat und Sojagetränken. Alles nur, um Robert zu gefallen. Die Abende, an denen sie Freunde trafen oder gemeinsam etwas unternahmen, wurden immer seltener. Robert hatte auf die Anschaffung eines Fernsehgerätes bestanden. Nicht, dass Tina TV- feindlich gewesen wäre, aber so wie viele Hunde des Hasen Tod sind, ist der Fernseher ein echter Beziehungskiller.

Ein virtueller Flirt

Grauer November. Alle hängen im Netz oder sind on – bereit zu einem virtuellen Flirt, bevor dann in der nächsten Woche die Adventszeit lichterhell erstrahlt. Marlene ist in Wohlfühllaune und sitzt gedankenverloren und schaut auf den Schirm- tu ich's oder tu ich's nicht? Sie hatte schon oft unabsichtlich Gespräche belauscht, in denen von Partnerbörsen die Rede war, von Decknamen und Chats ohne Ende. Eigentlich war sie gerne Singl, aber es sollte nicht ewig so bleiben. Ein bisschen Abwechslung konnte nicht schaden. Also, vergessen jede Scheu, anmelden und los ging es. Marlene loggte sich ein und begab sich auf ein elektronisches Abenteuer, von dem sie keine Ahnung hatte, wohin es sie führen würde. Zunächst stellte sie einen Steckbrief von sich ins Netz: das war leichter gesagt als getan. Das, was man von der eigenen Person hergibt, sollte nicht zu nichtssagend sein, aber auch nicht zu offenherzig, dass Jungs frühzeitig das Interesse verloren oder sich allzu große Hoffnungen machten in puncto Sex. Marlene fand so eine Mischung aus beidem, nicht zu frivol, aber auch nicht zu mauerblümchenhaft.

Der erste Chat –Partner ließ nicht lange auf sich warten. Seine erste Frage war: „Magst du große Männer?" Damit konnte Marlene gar nichts anfangen – jedenfalls nicht vordergründig. Sie schrieb: „Lass dich mal von deinen Hormonen nicht unterkriegen!" Nach diesem Mister Happy ging es munter weiter. „Bist du ein Bond-Girl mit High Heels, dann bist du für mich genau richtig, denn anders geht bei mir nichts." Marlene wollte eigentlich noch schreiben, dass er mindestens ein Jahr lang ins Fitness - Studio gehen müsste, um annähernd einen Body wie James Bond zu bekommen, aber sie ließ es einfach. Schon der zweite Chat, in dem es nur um Äußerlichkeiten ging!!

Dann meldete sich Ben: „Ich bin 1,80m groß, wiege 85kg und bin 27 Jahre alt. Ich bin nicht nur im Gesicht rasiert und am linken Oberarm tätowiert. Ich habe für dich ein Gedicht geschrieben. Es geht so: *Wenn ich dir Wolken pflücke, muss ich mich dann strecken oder bücken? Dein Lächeln bringt mich ganz durcheinander. Das Lama blüht und der Orleander spuckt.* "

Dann meldete sich Dirk. Er war ganz anders als die anderen, er war mehr am ganzen Menschen interessiert, so dass Marlene Vertrauen fasste und sie sich täglich schrieben und auch Handy - Nummern tauschten. Dirk hatte eine sehr melodische Stimme, die dem Gespräch eine gewisse Sanftmut verlieh. Marlene ertappte sich dabei, dass sie immer öfter an Dirk dachte und der Wunsch nach einem Treffen reifte in ihr. Dirk lud Marlene zu sich nach Hause ein und wirkte schon an der Tür sehr nervös. Er fragte sie, ob sie etwas gegen TK(Tiefkühlkost) hätte, hatte sie natürlich nicht. Dirk tat das Schlemmerfilet in die Pfanne auf der linken Herdplatte und schaltete die Platte rechts ein, auf der ein leerer Topf stand. Marlene war Dirks Aufforderung, in der Wohnstube Platz zu nehmen , gefolgt. Dirk kam jetzt auch hinzu und sie unterhielten sich ganz gut. Dirk sagte aus dem Gespräch heraus: „Wenn du willst, hast du ab heute einen neuen Freund. Ich ziehe entweder in deine Nähe oder wir nehmen uns gemeinsam eine kleine Wohnung. Ich beschütze dich und helfe dir und kann mir mit dir alles vorstellen." Das haute Marlene erst einmal um. Als sie sich wieder gefangen hatte, fragte sie Dirk: Du, es riecht noch gar nicht nach Essen." Dirk lief sofort in die Küche. Der leere Topf war inzwischen glühend, die Pfanne war eiskalt und nass vom Auftauwasser. Küchenchaos – Seelenchaos. Marlene nahm all ihr psychologisches Fingerspitzengefühl zusammen und erklärte Dirk, dass aus ihnen nichts werden könne. Dann saß sie doch lieber mit einem Wein auf Balkonien und träumte sich ihren Mister X zurecht: „ Groß, schlank, klug, verständnisvoll, nicht unvermögend, mit Auto und gutem Benehmen, mit Aufstiegschancen im Beruf, kinderlos, humorvoll, möglichst unverbraucht und ein halbes Jahr jünger als Marlene selbst."

Der EINE will nur das EINE, der andere ist gutherzig, aber klammert zu sehr und den Dritten gibt es gar nicht. Das ist ein klarer Fall für den Weihnachtsmann oder das Leben selbst schickt noch einen vierten Mann ins Rennen, von dem wir alle noch nichts wissen. Der Glaube daran sollte uns immer erhalten bleiben, denn er macht das Leben erst lebenswert. Nicht nur zur Weihnachtszeit.

Versteckte Liebe

Fangen wir mit dem Märchenende an:

„...und wenn sie nicht gestorben sind, dann

leben sie noch heut'."

Adelene und Willibald gehören zur Generation 50+, sie haben geschafft, was heute schon Seltenheitswert hat, sie sind vier Jahrzehnte miteinander verheiratet. Es gab gute und auch schlechte Zeiten, so wie sich das Leben gerade zeigte. Willibald war ein einsilbiger Mann, der sich zufrieden gab und keine emotionalen Ausbrüche weder in die eine, noch in die andere Richtung hatte. Wäre er ein physikalisches Teilchen, würde man ihm die Ladung +/-/0 bestätigen.
Wie jedes Jahr weihnachtete es. Die Vorbereitungen hatten begonnen. Geschenke besorgen, Lebensmittel auf Vorrat kaufen und nicht zu vergessen sind die Putzwochen. Willibalds Aufgabe ganz allein war es, den Weihnachtsbaum zu kaufen. An Kritik war er über die Jahre schon gewohnt. Er hatte

innerlich damit abgeschlossen, dass es den perfekten Baum nicht gab, genau so, wie es auch den perfekten Menschen nicht gab. Schön oder nicht schön lag immer im Auge des Betrachters.

Die Tage wurden kürzer und kälter. Die Eltern kleinerer Kinder begannen damit Schlitten zu kaufen und den Schnee zu erklären. Der Nikolaustag lag schon einige Zeit zurück und für das Fest war alles vorbereitet. Willibald hatte noch kein Geschenk besorgt, er würde einen Schein aus seinem Portmonee nehmen, seine Adelene in die Arme schließen und drücken und ihr ein Frohes Fest wünschen. Irgendwann nach dem Fest würde sie ihm dann einen Gegenstand oder ein Kleidungsstück zeigen, das sie von seinem Geld gekauft hatte. So war es immer gewesen, genau wie der Besuch des Nachbarn Maxe am ersten Weihnachtstag vor dem Mittagessen. Die Frauen hatten noch in der Küche zu werkeln mit Vorsuppe, Braten und Dessert – während sich die Männer ein Bier und einen Kräuter oder einen anderen Kurzen genehmigten. Willibald hatte hinter den Sofakissen auf der Couch einen Vorrat an Flaschen angelegt. Immer wenn Adelene den Backofen geöffnet hatte, um die Gans mit Bratenfond zu übergießen, nutzte er die Gelegenheit, um einen hinter dem Sofakissen vor zu holen und gemeinsam mit Maxe einen hinter die Binde zu kippen. Als Tarnung stellte er eine Flasche Eierlikör auf den Couchtisch und sagte zu seiner *Mutti*, wie er Adelene manchmal nannte: „ Trink einen mit unsern Nachbarn auf Weihnachten!" Obwohl er genau wusste, dass sie das nicht tat, bat er ihr jedes Jahr wieder ein Glas an.   Es blieb nicht bei dem einen Griff hinter das Sofakissen, so dass sich die Stimmung   schnell   auflockerte.   Um 11.00Uhr bedankte sich der Nachbar und kehrte zu Frau und Kindern zurück. Auch bei Willibald und Adelene wurde der Tisch festlich gedeckt. Adelene hatte sich viel Mühe gegeben und Willibald schmeckte alles köstlich. Irgendwie hatte das Essen aphrodisierende Wirkung, denn Willibald wurde schon ganz seltsam zumute. So viele Schnäpse hatte er doch gar nicht getrunken!!! Nach dem Essen setzte die natürliche Arbeitsteilung zwischen Mann und Frau aus der Urgesellschaft ein. Adelene machte die Kombüse klar und Willibald ging nicht etwa auf Großwildjagd, mit Speer und Lanze auf ein Mammut, nein, er wurde zusehends schläfriger und jagte schönen Gedanken nach.

Willi sah Adele wie vor 40 Jahren, auch er hatte sich wie durch einen Trunk aus der Hexenküche verjüngt. Er saß mit Adele am Tisch. Sie hatte ein rückenfreies, hautenges Kleid an. Willi legte den Arm auf ihre Schulter und massierte sanft ihren Rücken. Er ließ seine Hand weiter in Richtung Po gleiten und dehnte die Massage aus. Adele stieg die Röte ins Gesicht und ihre beiden kleinen Knöpfe wurden größer und zeichneten sich deutlich unter dem Kleid ab. Sie sah in Willis Richtung. Seine Serviette auf dem Schoß sah aus wie ein aufgestelltes Zirkuszelt. „Lass es uns machen, Adele!", so sprach er's und es geschah, wie man so sagt <u>am hellichten Tag,</u> aber wann wird es in der Weihnachtszeit schon mal richtig hell?

Ein Krach im Haus riss Willibald jäh aus seinen Träumen. Er wusste im ersten Moment gar nicht, wo er war. Als er wieder Peilung aufgenommen hatte, lief er zur Küche und wollte sehen, ob Adeline alles fertig hatte. Zu seiner Überraschung fand er an seinem Platz am Küchentisch einen Klebezettel. Darauf stand: „Schalte den Computer ein. Ich habe dir eine Weihnachts- E –Mail geschrieben." In Willibald war die Neugier erwacht. Erst der Traum, dann der Zettel – eine schöne Bescherung. Er las den Text auf dem Bildschirm: „Lieber Willi, träum nicht dein Leben, sondern lebe deinen Traum! Die Liebe versteckt sich manchmal. Ich bin im Schlafzimmer."

Per Mausklick ins Glück?

„Weihnachtsmann, du Bester, bring' mir eine Schwester, Weihnachtsmann, du Guter, bring' mir einen Bruder oder eine Konsole, Spiele sowieso, einen Lederfußball, ein Trikot von den Wilden Kerlen, etwas aus dem hause Douglas, das das Leben schöner macht und und und...", der Weihnachtsmann hatte sich schon daran gewöhnt, Glücksbringer, Geschenkeüberbringer wie auch immer für diesen Abend zu sein. Aber da er auch schon in die Jahre gekommen war und immer öfter mal einen rosafarbenen Schein vom Arzt brauchte, war er in diesem Jahr besonders erschöpft. Es war schon nach Mitternacht, als er seine Einraumwohnung betrat. Die schweren, mit Schnee bedeckten Stiefel nahm er mit in den Flur, denn vor der Wohnungstür waren sie nicht sicher. Weihnachtsmann Frodolin musste nach dem Fest das Kostüm und die Stiefel in der Agentur für Arbeit wieder abgeben. Doch daran mochte er jetzt noch nicht denken. Er hatte heute so vielen Menschen Freude gebracht und ihnen den Glauben erhalten, dass das Leben sich lohnt, dass sich Barmherzigkeit auszahlt, dass die Liebe in Paarung mit Glaube und Hoffnung das Größte ist. Ja, wer Freude und Liebe verschenkt, bei dem kehren sie auch ins eigene Herz zurück.

Wenn Fridolin sich so umsah, war er weit entfernt davon. Sein Kühlschrank hatte einige Produkte vom Billigdiscounter, denn das Leben ist bekanntlich am schwerste, drei Tage vor dem Ersten. Aber es war heute nicht nur das Materielle, das Fridolins Seele belastete, er war in dieser Nacht einsamer als sonst. Das kannte er von sich gar nicht, denn er saß ganzjährig, bei Hitze und Kälte, bei Sonne, Wind und Regen mit seinen beiden Kumpels in der Bushaltestelle und sie pichelten einen vor sich hin und man nannte sie auch schon scherzhaft „Die Drei von der Bushaltestelle". Manchmal war auch noch ein vierter Mann dabei mit Hund – das hatte dann Ähnlichkeit mit einem Serientitel aus vergangener Zeit „Vier Panzersoldaten und ein Hund".

Wie gesagt, Fridolin hatte so etwas wie eine handfeste Krise, ein Seelenmalheur. Er bereitete sich ein karges Mahl zu, denn Essen und Trinken hält ja bekanntlich" Liev un Seel' tosommen." So gestärkt, kehrte wieder ein wenig Selbstbewusstsein zurück und er setzte sich an seinen Computer. Zwar war es nicht das neuste und auch nicht das zweitneuste Modell, aber er konnte sich die Welt ins Wohnzimmer holen, war eben auch drin. Er surfte so ein bisschen rum, ohne Ziel, einfach so, bis er stutzig wurde und etwas genauer las. Was stand da: "Begleitservice nur für einen Abend. Alles, außer Sex war erlaubt und ganz billig war dieser Kundendienst auch nicht, aber einmal nicht allein sein, das war's doch. Vom Oldesloher Klaren in Verbindung mit einem Rest Rosenthaler Kadarka schon leicht angesäuselt, fasste er Mut und klickte mit der Mausi-Maus auf diese Agentur, die Seite ging auf. Fridolin wählte „Women" aus und lud sich einige begleitwillige Damen herunter. Nun hatte er die Qual der Wahl. Er durfte auch sein Budget nicht überziehen, denn sein Geld wurde nicht mehr, auch wenn er öfter darüber nachdachte. Fridolin fand eine „Sie" für ein paar nette Stunden nach der Bescherung. Da Weihnachten war, konnte er den Express-Service nutzen, so dass er in dieser Nacht, der Heiligen, nicht allein sein brauchte. Als alles Formelle geklärt war, erschien gleich ein druckfertiges Formular, mit dem man bestellen konnte. Fridolin setzte seine Daten a`la Mustermann ein und klickte auf den Button "Bestellung abschicken". Schon nach wenigen Minuten erhielt er eine E-Mail, die seinen Auftrag bestätigte. Fridolin fühlte sich wunderbar, er hatte ein Ziel, sein Dasein bekam einen Sinn. Er räumte sein Zimmer grob auf. Die Möbel von einer Firma mit vier großen Buchstaben, bei der öfter mal Schrauben fehlen sollen, dafür aber Unterlegscheiben zu viel sind, stellte er hufeisenförmig auf. Auf seinen blauen Ledersessel vom Sperrmüll war er besonders stolz. Das war sein „Chefsessel". Er hatte ganz schnell für Gemütlichkeit gesorgt und summte vor Freude die Melodie von „O Tannenbaum..." vor sich hin. Nun fehlte noch ein Geschenk, denn „an Weihnachten" gehörte das einfach dazu, das wusste er aus eigener „Diensterfahrung". Er überlegte, eigentlich war doch ER Geschenk genug, fand aber dann noch einen Kasten „Mon cheri", hm, Süßes mit Likör, das machte sich bestimmt gut. Die Wartezeit verging schnell, da klingelte es auch schon an der Tür. Fridolin öffnete und war erstaunt, welch Herzensdame er sich ausgesucht hatte. Ganz Kavalier half er ihr beim Ablegen der Garderobe und bat sie in der Stube Platz zu nehmen. Etwas unbeholfen überreichte er die mit der Kirsche und goss einen Glühwein in die Henkeltassen ein. Seine Begleitdame nahm alles dankend an und ihre Wangen glühten nicht nur vom Wein, denn draußen war es kalt gewesen und in der Stube warm und außerdem hatte auch noch die Aufregung die Hand im Spiel. Bärbel, so hieß die Dame, hatte auch eine Kleinigkeit für Fridolin mitgebracht: Schokoladenbrezeln und Liebes – Kirschpralinen, die wurden gleich verzehrt und verfehlten ihre Wirkung nicht. Fridolin war auch schon bisschen angedüdelt und die Zunge ging schon etwas schwerer: „Was hälst **du**, dabei waren sie schon angelangt, eigentlich vom Sex?" Bärbel war nicht auf den Kopf gefallen, wie man so sagt, und antwortete: „So lange sie zwischen 5 und 7 steht, alles in Ordnung." Fridolin hatte schon etwas Mühe, den Sinn zu entschlüsseln, aber er war nun völlig enthemmt und machte Bärbel unzweifelhaft klar, dass sie in dieser Nacht noch eine Bescherung zu erwarten habe. Bärbel, für einige Stunden bei der Agentur gebucht, schmeichelte diese Aussicht und ihr war klar, dass sie über den Vertrag hinaus bei Fridolin bleiben würde.

Womit wieder bewiesen wäre, dass sich Gegensätze anziehen oder ausziehen, wie auch immer. Was dann noch passierte in dieser stillen und heiligen Nacht, bleibt der Fantasie eines jeden überlassen.

Party – times

Tupperpartys haben Nachahmer gefunden. Es gibt inzwischen eine ganze Galerie von Partys, zu denen man sich trifft, einmal aus Geselligkeit, einmal aus dem zwang heraus, mal wieder etwas Neues besitzen zu müssen. Mir fällt spontan dazu ein: Schmuck-, Kerzen-, Handtaschen-, Schuhpartys usw. usw.

Meine Geschichte handelt von einer Dessous – Party acht Wochen vor Weihnachten, damit die bestellten teile noch rechtzeitig zum Fest unter dem Weihnachtsbaum liegen und die Augen des Beschenkten und desjenigen, der schenkt, zum Leuchten bringen.

Der Begriff Dessous stammt aus dem französischen und bedeutet „schöne bzw. feine Damenunterwäsche". Eine Party ist ein geselliges bis lustiges Zusammentreffen mehrerer Personen. Eine Dessousparty ist also ein unterhaltsamer, informativer Abend, bei dem schöne Damenunterwäsche gezeigt wird. Die Philosophie eines solchen Treffens ist einfach: Beratung wie im Geschäft, Bestellen wie beim Versandhaus.

Gina, Irina und Maria hatten sich zu einer solchen Party verabredet und freuten sich schon lange auf dieses Highligth in grauer Winterzeit. Stress auf der Arbeit, Stress vor dem Fest – da war so eine Oase des Wohlfühlens enorm wichtig. Stressfrei war garantiert, denn man konnte ohne Zeitdruck, ohne Kinder und ohne Partner genüsslich einkaufen.

Marias Familie versammelte sich heute eine Stunde früher als sonst um den großen Tisch im Esszimmer, denn eine gemeinsame Mahlzeit am Tag musste sein. Es gab heute nur Stulle mit was drauf, denn Maria wollte schon recht relaxt auf der Party erscheinen und nicht noch zusätzlich Geschirr einschmutzen. Ihr Mann Alex hatte dafür Verständnis und sah seine Maria mit einem flehenden Blick an: „Ach, bitte, nimm' mich doch mit, ich will doch nur ein paar Fotos machen!" Das ging aber nicht, denn männliche Besucher waren aus verständlichen Gründen nicht erwünscht. So musste Maria seine Bitte kategorisch abschmettern, glaubte aber einen leichten Speichelfluss in seinen Mundwinkeln erkennen zu können.

Schnell unter die Dusche, das Beste vom Besten drunter ziehen, eine Spur Lipgloss und ein Hauch von Parfüm, ein mahnender Blick zu den Kindern und ein Küsschen von Alex, dann war Maria auch schon aus der Tür, rannte zum Treffpunkt, wo ein Taxi auf sie und ihre beiden Freundinnen wartete. Die Drei hatten zusammengelegt und für die Gastgeberin ein kleines Mitbringsel gekauft: eine Orchidee für den Wintergarten.

Die Begrüßung fiel sehr herzlich aus, fünf weitere Damen waren schon mächtig in Stimmung, sie mussten ein paar Cocktails probiert haben – die Veranstalterin war auch schon da mit zwei Schrankkoffern voller Neuheiten auf dem Unterwäschemarkt. Nach der formellen Begrüßung gab es ein Gläschen zum Aufwärmen, dann bekam jede Kundin eine Preisliste und die Beraterin ging mit den Gästen die Kollektion durch. Dabei erklärte sie jede Serie und gab die Musterwaren zum Anschauen in die Runde weiter. Für die drei „Mädels" fanden sich schnell ein paar aufregende Teile, mit denen sie dann ins Bad verschwanden zum Probieren. Das An- und Ausziehen wurde von lautem Geschnatter und Lachen begleitet. Was gab es da auch nicht alles zu sehen: Problemzonen, erogene Zonen, die zu Problemzonen werden konnten. Es war, um es mit Fontane zu sagen ein „weites Feld" : BH, Corsage, Strapse, Minimizer, String..., man muss in Sprachen schon ein Vollprofi sein, um da nicht durcheinander zu kommen, denn wenn man Corsage mit Courtage verwechselt, gibt es meistens Ärger. Nachdem die Veranstalterin beratend wirksam geworden war, kam das wieder mit der Qual der Wahl: sexy-rot, verspielt-rose', trendy-lila, aufregend-schwarz, unschuldig-weiß – eigentlich brauchte man sie alle, aber da der Dispo nur begrenzt zur Verfügung stand, musste eine Entscheidung her. Warum man sich selbstbewusster, erotischer fühlt mit Teilen, die kein Mensch im normalen Leben sieht, warum man sich mit String besser fühlt als mit „Schlüpfer", dazu muss es doch auch schon Untersuchungen geben, die dieses Phänomen erklären können. Wie ist das eigentlich bei unseren männlichen Partnern? Ist es ihnen egal, ob sie Boxershorts günstig im Dreipack im Billigdiscounter kaufen oder sind da Gefühle im Spiel bei einer Hose von Kevin Klein? Das herauszufinden wäre doch auch mal eine schöne Beschäftigung in der Vorweihnachtszeit. Zurück zur Party. Natürlich würden alle Besucherinnen des Abends ihre „Lieblinge" gleich anbehalten, aber es sind nur Muster, die auserwählten Stücke werden bestellt. Je nach Höhe des Umsatzes bekommt die Gastgeberin ein tolles Geschenk (Gratiswäsche), welche sie selber aus der Kollektion aussuchen kann.

Es war spät geworden, als sich die drei Freundinnen verabschiedeten. Jede von ihnen hatte ihr selbstgesetztes Budget überschritten, aber Weihnachten war eben nur einmal im Jahr, „ wat mütt, dat mütt", so ist das eben.

Maria schlich auf Zehenspitzen ins Haus und bemühte sich leise zu sein. Aber wie das manchmal so ist, gerade dann stößt man irgendwo gegen und das Teil fällt polternd um. In diesem Fall war es der Schirmständer, der krachend zu Boden ging. Zum Glück hatten die Kinder ihre Zimmer weiter hinten, aber Alex würde sicher wach geworden sein. Nicht zu ändern. Maria beschleunigte das Abschminken im Bad, denn eine Mütze voll Schlaf sollte es noch werden. Alex nahm sie zärtlich in die Arme und Maria wusste, dass sie alles richtig gemacht hatte mit der Bestellung – von diesem Geschenk hatten sie beide etwas. Wenn

man dann Preis und Freude/Vergnügen ge-
geneinander abwog, dann standen alle Zei-
chen auf Freude. Was will man mehr in
dieser Zeit???

Der Weihnachtsengel einmal anders oder wie finde ich die Fee für einen freien Wunsch

Altweibersommer. Wie doch die Zeit vergeht. Gerade mal cool am Pool, vom Flirt zum Sex, die Aussichten für's Wochenende wie immer sonnig und häufig hieß es: heute machen wir' mal draußen. Patrick hing den Erinnerungen nach. Er war gerade dabei, seine Trennungs-Trauerphase von Yvonne zu bewältigen. Es war Ende September und er brauchte viel Süßes für seine Nerven – da war so ein Paket Lebkuchen vom Billigdiscounter gerade richtig, dazu ein paar Marzipankartoffeln und eine Tüte Spekulatius. Weihnachten – das Fest der Liebe! Patrick mochte gar nicht daran denken. Noch zu gegenwärtig war Yvonne. Es war eine schöne Zeit gewesen, besonders das Kennenlernen. Yvonne saß wie eine schokobraune Maus im Strandkorb in Ahlbeck und mailte ihm Texte und Bilder, die ihre Wirkung bei ihm als Mann nicht verfehlten. „Alter Falter", dachte Patrick, „die ist ja so was von süß!" Das bestätigte sich dann auch in folgender E-Mail: „Hast du Lust, mich einzufangen? Was bekommst du? MICH. Bin lustige Jungfrau, die gerne lacht und was unternimmt. Mit dem, was ich nicht mag, haslte ich nicht lange hinter den Berg. Trau dich und gib meinem herzen ein Zuhause!"

Sein verwundetes Herz konnte sich heute noch nicht vorstellen, dass sich da mal wieder etwas entwickeln könnte. Er wusste in diesem Moment auch nicht, ob er es überhaupt wollte. Schöne Frauen, schnelle Autos, die nötigen Kreditkarten, Party ohne Ende – das könnte reichen. Für die Girls war er eh wie ein Fliegenfänger. Er konnte sich die Frauen aussuchen, aber im Moment war da immer noch Yvonne. Sie hatte nicht nur einen Traumkörper und schöne Augen, sie hatte auch Charisma. Sie war im Jogginganzug und im Putzdress immer noch sexy, aber ihr hatte ein anderer den Kopf verdreht nach dem Motto. „Ich tus's mit meinem Ex." Patrick wusste nicht, woran es bei ihm gelegen hatte und er würde es wahrscheinlich auch nie erfahren. Er musste sich die Frau einfach aus seinem Herzen und aus seinem Hirn herausreißen.

Zunächst kapselte er sich ab und war in seinen PC verliebt, der war Ersatz für Yvonne und nach dem jetzigen Stand sollte es auch so bleiben. Aber so lange der Mensch lebt, besinnt er sich. Patrick stand nicht auf Saver-Sex, er wasr durch Zufall auf dieser Internetseite gelandet und hatte das ein paarmal probiert, es war ganz nett, aber auf die Dauer nicht sein Ding. Wenn auch der PC ungeheuer erotisch sein konnte, er stand mehr auf das, was man sehen und anfassen konnte. Allmählich ging seine Trauer um Yvonne über in unsagbare Wut. Er nutzte oft seinen Freund David als Blitzableiter, der schon darauf trainiert war, sich das alles anhören zu müssen. Mit ihm besprach er auch, wenn er durch Zufall mal auf eine Seite gekommen war, auf der stand, ob du auch geil bist auf das Teil von 28cm usw., da waren nur die besten Stücke zu sehen ohne Gesicht. Patrick reagierte auf so was mit einem Lächeln. David war ein wirklicher Freund, er kam selber gut an bei den Mädchen, so dass kein Neid aufkam. Der Herbst verabschiedete sich allmählich, die Cabrios und heißen Feuerstühle wurden eingemottet, der Winter stellte schon hier und da einen Fuß in die Tür. Bei Kälte sind

die Menschen ohnehin eher bereit zum Ku-
scheln und auch bei Patrick steigerte sich
die Lust, mal wieder mit David und den
anderen um die Häuser zu ziehen und den
diversen Einladungen auf vorweihnachtlich
angehauchte Partys zu folgen, beide waren
z.Zt. unbeweibt, brauchten also niemanden
zu fragen und auch auf niemanden Rück-
sicht zu nehmen. Es war also nur noch eine
Frage der Zeit, auch des Ortes, dass Amor
seine Pfeile abschießen konnte. Die Tage
wurden kürzer und überall hielt Weihnachten Einzug. Die Menschen waren von einer
Geschäftigkeit, ameisengleich eilten sie von
A nach B, um auch alles rechtzeitig fertig
zu bekommen.
Patrick ging mit seinem Glühwein an den
Stehtisch und wärmte sich seine klammen
Hände an der Tasse. Das heiße Getränk
bahnte sich seinen Weg durch Patricks
Körper. Er ließ seinen Blick schweifen und
wurde fündig. Doch war ihm noch nicht
ganz klar, wie er Kontakt aufnahmen sollte.
Er hasste diese abgedroschenen Sätze, wie „
ich hab' deine Handy-Nummer verloren,
gibst du sie mir noch einmal?" Ihm musste
etwas einfallen, denn Weihnachten war
nicht mehr weit und er wollte auf keinen

Fall solo die Feiertage begehen. Also fielen umständliche Annäherungsversuche gleich weg. Da sich alles auf dem Weihnachtsmarkt abspielte, kam ihm die Bude mit den Lebkuchenherzen gerade recht. Bloß welche Aufschrift sollte er wählen? Für „Ich liebe Dich" war es noch zu früh. Patrick entschied sich für das neutrale „Für Dich". Er konnte durch Gestik und Mimik ja seine persönliche Note durchblicken lassen. Er bezahlte und näherte sich eiligen Schrittes seinem Traum-Girl. Es verlief alles unkomplizierter als er sich das gedacht hatte. Anne, so hieß die Auserwählte, war dem Schicksal sichtlich dankbar, dass es Patrick in die Spur geschickt hatte. Sie war im Moment gerade in ihrer Lila – Phase. Zu ihren blonden Haaren war das ein guter Kontrast. Patrick hatte Mühe, seine Fantasie zu zügeln. In Gedanken war er schon beim lilafarbenen String und malte sich aus, was denn dann kam. Beide genehmigten sich noch einen Glühwein zu zweit und verfielen dann dem Geschwindigkeitsrausch. Alles war heute kunterbunt und ein ganz besonderer Moment, den man so lange wie möglich „füttern" und „am Leben erhalten" sollte. Das war beiden auch klar vor Annes Haustür. Sie konnte über den Seiteneingang ins Haus und so in ihr Zimmer gelangen, so dass ihre Eltern von Patrick nichts mitbekamen. Dann lief alles wie im Film ab: Musik, Kerzen, ein anregendes Getränk und jede Menge Zärtlichkeit, die dann explosionsartig zum Höhepunkt führte. Obwohl Patrick in Sachen Liebe ein gebranntes Kind war, setzten die Hormone sich in dieser Nacht durch. Es mag altmodisch klingen, aber für Patrick und Anne war Treue inclusive. Noch unter dem Eindruck gigantischer Glücksgefühle machte sich Patrick am Morgen auf in Richtung „Heimat" – die Pflicht rief, aber ein Treffen am Nachmittag war fest eingeplant. Patrick konnte sich gar nicht richtig auf die Arbeit konzentrieren, er sah dauernd auf die Uhr und verließ den Betrieb mit großen Schritten. Als er sich dem Treffpunkt näherte, staunte er nicht schlecht, dass seine ANNE in den Armen eines anderen lag. Blind vor Wut kehrte er um, denn einen Kampf Auge um Auge wollte er sich nicht geben, denn alte Wunden rissen sofort wieder auf. Der ganze Katzenjammer kam über ihn, die Schlappe mit Yvonne war gegenwärtig. Er lief ziellos durch die Gegend und blieb an einer Stehkneipe hängen. Er begann sich systematisch zuzuschütten, es war schon alles egal. Auf einmal zupfte ihn jemand am Jackenärmel. Er wollte sich schon schnell umdrehen und austeilen, als ein ganz vertrautes Parfüm seine Nase erreichte. Das war nun wirklich zu fett. Erst mit einem anderen rummachen und dann noch die Traute haben hier aufzutauchen!!! Anne brachte Patrick erst mal vom Alkohol weg und klärte die Sache ganz schnell auf: Da Patrick noch nichts wusste von Annes Zwillingsschwester Sanne, musste er diesen Gefühlskollaps kriegen. Erleichterung auf beiden Seiten. Patrick hatte seine Fee gefunden, die bereit und fähig war, ihm seinen größten Wunsch zu erfüllen. Ein Engel auf Erden war erschienen, um den Glanz in den Augen und Herzen der Menschen nicht nur zur Weihnachtszeit leuchten zu lassen.

Weihnachten vernetzt

Weihnachten – Zauber- und Schreckwort zugleich, heute mehr Schreck als Zauber? Die Uhren ticken schneller als noch vor 50 Jahren, unser Hang zum Perfektionismus hat sich verstärkt – wir sind vernetzt – leider viel zu sehr mit der Technik zu Lasten des Herzens, zu Lasten dessen, was wir einmal zwischenmenschliche Beziehungen genannt haben. Es mag nicht immer böse Absicht sein, wir haben damals, als Boris Becker sich täglich mehrmals fragte, ob er denn schon drin sei, nicht geahnt, was das für uns alle, die sich der Technik hingeben, einmal bedeuten würde. Es geht schnell, es ist so schön unpersönlich, denn man kann online so schön allein sein, man lernt das Alleinsein schnell. Wir müssen uns sogar unsere intimsten Bedürfnisse nicht mehr verkneifen oder schönträumen, nein, auch dafür gibt es heute Ersatz.

Was ist bloß los? Merken wir denn nicht, dass wir dabei sind, uns um die schönsten Momente selbst zu bestehlen? Die Augen sind ein Spiegelbild des Herzens. Keine Maschine der Welt kann diese Reaktion ersetzen. Wie wichtig ist auch das geschriebene Wort, ich meine damit nicht nur das handgeschriebene Testament, das den letzten Willen erklärt und den Nachlass regelt, ich denke da an eine handgeschriebene Weihnachtskarte, die man sich ein paarmal durchlesen und auch in schweren Stunden zur Hand nehmen kann. Die letzten Zeilen meiner lieben Mutti standen auf einem Briefumschlag, der auf dem Tisch lag. Als sie ins Krankenhaus kam, habe ich in meiner Verzweiflung und Ratlosigkeit Telefonnummer, Station und Zimmernummer aufgeschrieben. Damals ahnte ich nicht, dass diese Zeilen mal so eine Bedeutung haben würden.

„Ja is denn schon Weihnachten?" fragen wir uns, wenn ab August / September in den Supermärkten Spekulatius, Marzipan, Schokoherzen und –brezeln liegen. Durch Kaiser Franz hat diese Frage auch eine sexuelle Ausrichtung bekommen. In meiner Kinderzeit war Weihnachten ein besonderes Fest, auf das sich alle ganz lange vorbereiteten und sich *freuten*. Im Sommer kaufte man Geschenke, denn lieber doppelt oder zu groß als gar kein Geschenk. Unter dem Baum gab es dann noch die passende Ge-

schichte dazu, wo und unter welchen Umständen es erstanden worden war. Es war also nicht nur ein doppeltes Geschenk, sondern auch eine doppelte Freude. Ja, warum ging uns diese Freude verloren? So eine Mangelwirtschaft wünscht sich sicher so leicht keiner zurück. Ist es einfach schwieriger geworden, angesichts des Massenkonsums etwas Geeignetes für einen lieben Menschen zu finden? NEIN. Wir sind durchaus noch empfänglich für echte Herzlichkeit, für Überraschungen. Diese Erfahrung mache ich immer wieder. Wenn man selbst Freude am Schenken hat, empfindet diese Freude dann auch der Beschenkte. Es ist wie sonst auch im Leben, die kleinen Dinge sind es oftmals, die doch Großes bewirken: ein Feldblumenstrauß in einer Keramikvase, das Beobachten eines kunstvoll gebauten Schwalbennestes mit vier fast flugfähigen Insassen, dazu die unendliche Fürsorge der Schwalbeneltern. Noch behütet im Nest, bald schon „flügge", selbstständig, aber auch den Gefahren ausgesetzt. Vier Schnäbel mit acht Knopfaugen im Nest,
laut Futter fordernd,
zu allem bereit, den

nahen Flug schon in den Federn spürend –
so sitzen sie da und verschönen uns unseren
Nachmittag.

Ich habe Respekt vor dem Fleiß der
Schwalbeneltern,
sie sind unermüdlich in ihrer Fürsorge.
Kaffee und Kuchen schmecken gleich besser, denn wir werden
unverhofft an unsere Kindertage erinnert.
Unter den Dächern von Haus und Schuppen
und im Stall selber gab es eine Vielzahl von
Nestern. Die Überlandleitungen für Strom
waren ein beliebter Treffpunkt für die Vö-
gel.

Eine Schwalbe macht zwar noch keinen
Sommer, aber eine Schwalbenfamilie macht
frohe Gedanken, lässt uns noch einmal
Kind sein.
Machen wir uns doch die Technik für uns
zu Nutze, um mehr Zeit füreinander zu haben. Einen Versuch ist es doch wert. Vielleicht ziehen wir einfach mal den Stecker
und sind ganz Ohr für den anderen. In diesem Sinne: FROHE WEIHNACHTEN

Weihnachten ohne PC

Die Winter sind kalt, die Einkaufswagen
noch nicht erfunden, jedenfalls nicht auf
dem Dorfe. Die Taschen sind ziemlich leer,
aber die Herzen sind voller Liebe und Zu-
neigung – so lässt sich meine Kinderweih-
nachtszeit beschreiben. Dass ich alles noch
so genau weiß, zeigt, wie wichtig es für
mich damals war.
Schon die Zeit davor hatte etwas einmalig
Phantastisches. In großen Emaille – Wannen wurde Teig für helle und dunkle Pfeffernüsse angerührt. Es duftete nach Sirup,
Hirschhornsalz, Kardamon, Nelken u.a.
Gewürzen. War der Teig genügend durch-
gezogen, meist am nächsten Tag, luden
meine Eltern die Wannen auf den Kasten-
wagen oder Pferdeschlitten und brachten sie
zum Abbacken ins nächste Dorf, meist zu
Bäcker B.. Der hatte riesige, kreisrunde
Bleche. Nach dem Abkühlen kamen die
Pfeffernüsse in große Pappdosen, die an die
Außenkanten unseres Kachelofens gestellt
wurden. Im Monat November wurde ge-
schlachtet: ein Schwein, Enten und Gänse.
Dann wurde Spickbrust gemacht, eine De-

likatesse zum Fest. Da schwer auf den Feldern und später in der Schmiede gearbeitet wurde, brauchte man auf die Kalorien nicht so zu achten. Was man im Winter ansetzte, nahm man bei der Frühjahrsbestellung und spätestens bei der Ernte im Sommer wieder ab. So wurde geschmort, gesalzen, eingeweckt, gebacken und gebraten – die Sinne wurden richtig verwöhnt. Süßigkeiten zum Fest waren Mangelware. Im Konsum oder HO gab es pro Person einen Weihnachtsmann, eine Tüte Apfelsinen, Mandarinen manchmal, so ging es auch mit den Stollenzutaten, wie Sultaninen, Rosinen, Sukade oder Zitronat. Auch Wal- und Haselnüsse zählten zur sogenannten Bückware. Manchmal fehlte an der Stolle die ein oder andere Zutat, aber sie schmeckte trotzdem immer sehr gut. Die Wartezeit bis zum Anschneiden zog sich immer mächtig in die Länge.

Die Fußmärsche bei Schnee und Eis waren nicht einfach. Ins Dorf rein ging noch, denn da waren die Taschen leer, aber zurück wuchsen uns sprichwörtlich Affenarme, oft war uns ein einfacher Kinderschlitten schon eine große Hilfe. Wenn auch der ganze Körper durchgefroren war, machte doch alles Freude. Zu Hause gab es zur Entschädigung leckere Boskop –Bratäpfel aus der Ofenröhre, denn die legten wir, bevor wir losgingen, schon rein. Zu tun war immer etwas: draußen von den Mieten Rüben, Kartoffeln und Stroh holen. Kohlen und Holz waren vom Schuppen auf dem Hof zu holen. Auch davon wurde ein Vorrat im Stall gelagert für solche Zeiten, in denen wir vor lauter Schneegestöber die Türen morgens gar nicht auf bekamen. Zur Nachmittagsbeschäftigung zählten neben dem Erledigen der Hausaufgaben Handarbeiten oder mit den Puppen Schule spielen. Nicht zu vergessen das Lesen. Als ich noch kleiner war und in der Nachbarstube vom Wohnzimmer schlief, hörte ich, dass meine Eltern Weihnachtsgeschenke einwickelten und plötzlich klingelte es. Ich war gespannt, was das wohl gewesen sein könnte. Am Heiligabend bekam ich ein orangefarbenes Spieltelefon und wusste jetzt auch, was da an jenem Abend geklingelt hatte.

Heiligabend und Weihnachten liefen bei uns immer nach dem gleichen Ritual ab: Wir gingen zu meinen Großeltern väterlicherseits ins 3km entfernte Dorf. Sie hatten nur eine Stube, einen kleinen Flur und eine winzige Küche. Hier lebten sie 45 Jahre lang und hatten nie das Bedürfnis nach mehr Wohnraum, es hingen wohl zu viele Erinnerungen, gute und schlechte, daran. Wenn wir von der Veranda, Windfang nannte Oma sie immer, in den Flur kamen, lagen auf den Stufen der Bodentreppe meist die liebevoll verpackten Geschenke und meine Spannung stieg. Wir hatten neben unseren Paketen und Päckchen schon Tage vorher mit Pferd und Wagen Lebensmittel gebracht, auch schon gebackene Kuchen, weil meine Großeltern nicht viel Geld hatten. Das Ersparte war nach dem Krieg entwertet worden, da konnten sie jedes Jahr einen Höchstbetrag von 50 Mark abheben, mehr gab es nicht. In den schlechten Zeiten hatte Oma versäumt weiter zu „kleben", d.h. ihre Rentenbeiträge zu bezahlen, so dass nur mein Opa eine kleine Rente bekam. Er hatte in der Nazi-Zeit als Sozialdemokrat oft den Streik auf dem Gut ausgerufen und war dadurch etliche Jahre arbeitslos gewesen. Er hatte die Familie mit Gelegenheitsarbeiten (Gräben mit der Sense mähen oder die Mieten von Kartoffeln und Zuckerrüben abdecken und beaufsichtigen) über Wasser gehalten.

Wir setzten uns in gemütlicher Runde um den großen Tisch. Ich nahm auf dem Sofa Platz. Omas Lampe war mit Seilzug, man konnte die Höhe des Lampenschirms regulieren. Es gab Kaffee und Kuchen und auf dem Vertiko stand ein Tannenstrauß mit echten Kerzen, die manchmal tropften oder drohten, einen Zweig in Brand zu setzen. Dafür passte ich dann schon auf. Nach dem Kaffee und einem Schnäpschen für die Männer, der manchmal auch zu einem großen Schnaps wurde, kam die Bescherung an die Reihe. Für mich gab es fast immer Selbstgemachtes: gestrickte Pullover, Taschentuchbehälter in allen Farben, einen bunten Teller. Als ich größer wurde bekam ich Briefpapier oder einen Fön. Abends ging es dann im Dunkeln zurück in unseren Ortsteil, nur vom Schein der Taschenlampe(n) begleitet. Dann mussten meine Eltern noch die Kühe melken, ihnen Heu vom Boden runter stoßen, sich dann wieder umziehen und dann war Weihnachten bei uns zu Hause. Wir spielten verschiedene Brett – und Kartenspiele, besangen unseren Tannenbaum und stapelten unsere Geschenke unter selbigem. Der Platz unter dem Baum war groß und unsere Geschenke waren klein und fein und herzlich. Ist es heute nicht oft umgekehrt? Geht nicht die eigentliche Weihnachtsbotschaft in Konsum und Hektik unter?

Ich habe nichts gegen moderne Weihnachten, ich habe auch nichts gegen technischen Höchststand, aber ich mische mich ein, wenn die Technik das Feigenblatt für Interessenlosigkeit und Kaltherzigkeit ist. Die Medien forcieren den Geschenke- Umtausch. Die ach so treffenden Verse von Ringelnatz stehen im krassen Widerspruch zu den vielen Umtauschbörsen.

Weihnachtswunsch: nutzt die Technik als Hilfsmittel zur Erleichterung des Lebens, damit ihr mehr Zeit habt, euch um euch selber zu kümmern und um eure Nächsten!

Allein ist alles doof

Draußen ist es kalt und eisig, zu hause ist es kuschlig warm. Michelle nimmt sich ein paar Leckereien und ab vor den Fernseher. Seifenopern und Talk – Shows gab es genug, in denen die Gäste mit drei Männern zur gleichen Zeit geschlafen hatten. Durch einen Test wurde der genetische Vater bestimmt.

Danach gab es die unterschiedlichsten Reaktionen – von heilfroh bis total betrübt. Irgendetwas würde Michelle schon finden und notfalls konnte sie sich durch den Sender – Dschungel zappen. Doch so konnte es nicht lange weitergehen, denn wenn diese Kuschelzeit zur Gewohnheit wurde, konnte Michelle ihre Sommerfigur nicht über den Winter retten, was ja ihre Absicht war. Kekse, Marzipankartoffeln, diverse Beutelchen mit Schokofiguren, an denen kleine Bändchen befestigt waren, hatten ihre Wirkung nicht verfehlt. Michelle verbarg die rettungsringe noch unter den Longblusen, die jetzt zum Glück in waren, doch das war nur Augenwischerei, sie wusste ja, dass es Zeit war, die Reißleine zu ziehen, ehe ihre

Oberteile dann kleinen Zirkuszelten glichen. Doch der innere Schweinehund war so etwas von hartnäckig, wenn sie den überwinden könnte, wäre viel gewonnen. Sie schaltete TV ab und ging erst einmal zum nächsten Presse – Shop, sie hätte auch ihren kleinen Peugeot nehmen können, aber nein, Bewegung tat Not. Sie kaufte sich Zeitungen. Schon auf der Titelseite wurde angekündigt: 47 kg in einem Jahr runter, mit neuem Wohlfühlgewicht zur guten Laune. Michelle wählte aus unter Frau von Heute, Frau im Trend, Bild der Frau, das neue Weigth Watchers Magazin. Sie bezahlte um die 10€ und setzte sich in die Küche zum Zeitungsstudium. Nach einiger Zeit blieb sie bei dem zuletzt genannten Magazin hängen. Die Philosophie war immer gleich: Essen, um schlank zu werden, nur WAS? Das ist der Knackpunkt. Wie sieht mein Notfallkoffer aus, wenn ich gesündigt habe? Michelle fraß sich richtig rein in den Lesetext und musste alles erst einmal überschlafen.

Am nächsten Morgen fing sie gleich an, Kühlschrank und Vorräte durchzusehen auf Fett –und Zuckergehalt. Michelle ging noch mal los in den Supermarkt und achtete beim

Einkauf verstärkt auf den Brennwert der Lebensmittel. Der Einkauf dauerte zwar länger als sonst, aber sie hatte einen ersten Schritt gemacht. Als Belohnung gab es einen Latte Macchiato, der 3 Points in der Tabelle hat. Die Versuchung war groß und ihr immer allein zu widerstehen war fast unmöglich. Zu zweit macht alles mehr Spaß, auch das Abnehmen. Ab sofort begleitet sie ein Esstagebuch und sie hat sich geschworen, schonungslos ehrlich zu sein. Manchmal schrieb sie sich selbst kleine Briefchen, in denen sie ihre Ziele formulierte, z.B. in dieser Woche gibt es nur zweimal abends ein Stück Schokolade und einen Secco. Wenn sie einen Motivationsschub brauchte, schrieb sie auf, womit sie sich beim Erreichen des Ziels belohnen will. Das konnte eine Kosmetik sein, ein Modeschmuck oder mal eine kleine Ess – Sünde, aber Michelle stellte an sich selbst fest, dass sie zu süße und zu fettige Sachen gar nicht mehr mochte bzw. auch gar nicht mehr vertrug. Sie beobachtete an sich, dass sich ihr Typ Stück für Stück veränderte. Die langen Schlabberpullover wichen kurzen, hautnahen Teilen, auch bei Markenklamotten passte schon das eine oder andere Teil. Ihr neues Outfit wurde von Monat zu Monat komplettiert. Nach 10kg Abnahme gab es eine neue Frisur. Sie ging immer öfter in angesagte Boutiquen, denn ihre Größe blieb weit unter der 44.

Die Schaufenster waren weihnachtlich geschmückt. Michelle ging immer noch zu Fuß shoppen und erntete überall aufmerksame Blicke. So war es nicht verwunderlich, dass sie Lust auf Sport bekam. Sie kaufte bei ADIDAS ein, denn Adidas für Dicke gab es noch nicht, also erfüllte sie sich damit einen echten Wunsch. Walking kostete ein Paar gute Turnschuhe, weiter fast nichts. Michelle bekam so viel Power, mit dem sie zunächst noch gar nicht umgehen konnte. Sie ertappte sich dabei, dass sie sich als Singl nicht mehr wohlfühlte. Sie wusste auch schon, wie der Mister X aussehen sollte. Er sollte soooooo lieb sein und sie bei ihren Figurproblemen unterstützen. Sie hatte im Internet von der Trendsportart Speedminton gehört, die nicht nur für Schlägertypen sein sollte. Das Spiel ist so eine Mischung aus Federball, Tennis und Squash. Der Ball ist schwerer, nicht so windabhängig, das Spiel wird flacher gespielt als Federball. Die Anschaffung kostet zwischen 50 und 80€, doch wohin mit dem zweiten Schläger? Allein ist eben alles do-oof. Michelle kannte den Ausspruch unter den Männern: „Ich muss mir nicht gleich eine Kuh kaufen, wenn ich ein Glas Milch trinken will." Michell wandelte ihn für sich um: Ich muss doch nicht gleich ein ganzes Schwein kaufen, wenn ich nur den Ringel-schwanz haben will." Sie kaufte erst einmal ein und machte sich schön, denn nur wenn man in sich selbst verliebt ist, kann man sich auch für andere öffnen. Nach einem ausgedehnten Bad mit Rosen- und Laven-delblüten kam das Make – up an die Reihe. Danach gab es einen kleinen Snack und ab ging es in die angesagteste Disse der Stadt. Sie kam ohne Bedenken an der Gesichts-kontrolle vorbei. Michelle gab sich einen inneren Ruck und setzte sich zu ein paar Mädels auf die Eckcouch. Eine Vorstellung war sinnlos, denn durch die laute Musik hörte eh keine was. Aber es gibt Dinge auf dieser Welt, die werden auch ohne Worte verstanden. So auch an diesem Abend. Er hieß Maik und wollte mehr als nur tanzen und lustig sein. Michelle fand ihn auch ganz nett und gab ihnen beiden eine Chan-ce. Sie war sehr glücklich, nicht mehr allein zu sein. Alles klappte prima, Michelle lebte wie in einem verspäteten Paradies. Sie hatte nach langer Wartezeit ihren Engel auf Erden gefunden.

Knopfaugen – Willi

Es tobt der Kampf unter den Medien. Welche Chancen hat das Buch in diesem Getümmel von Elektronik? Sehr gute. Das ist nicht nur meine Meinung, wie Untersuchungen zuverlässiger Institute zeigen, und zwar das geschriebene bzw. gedruckte Buch, das man in Händen halten kann, es betrachten wie einen guten Freund. Weihnachten ist auch Gipfelzeit für das Buch. Oft befragt nach meinem Lieblingsbuch, kann ich keins nennen. Ob es Robinson auf der einsamen Insel ist oder Goethes Werke, immer das Buch, das ich gerade lese, ist mir am Herzen gelegen. Das Lieblingsbuch meiner beiden Kinder war „Der kleine Angsthase" von Elisabeth Shaw. Ob Arztbesuch oder sonstige Katastrophen, wie der Angsthase den kleinen Ulli vor dem bösen Fuchs rettete, das machte immer wieder stark und half jeden Schmerz oder jede Langeweile/Wartezeit zu besiegen.
An den kleinen Ulli musste ich denken, als ich im Spätsommer Knopfaugen – Willi kennen lernte.

Nach einem schönen Tag kamen wir freudig nach Hause zurück. Wir waren bei Freunden zum Kaffee und hatten aus alten Zeiten erzählt. Die Zeit war wie immer viel zu schnell vergangen. Bei einem ausgedehnten Spaziergang hatten wir den sich ankündigenden Herbst mit allen Sinnen genossen. Zu hause angekommen, lief ich gleich ins Haus und wurde ebenso schnell wieder nach draußen gerufen und gefragt, wer denn da in unserem Caport sitze, liege oder einfach sich befinde. Wir hatten unseren Notstrahler mitgenommen und leuchteten ganz vorsichtig in die obere rechte Ecke. Ich sah Knopfaugen, eine Stupsnase und ein Stachelkleid. Ein junger Igel hatte sich zu uns verirrt. Am liebsten hätte ich zu ihm gesagt: „Was bist du denn für ein AUGUST?", aber dieser Name ist schon vom Antennen – August besetzt, ein Buch von einem Mäusebussard, der eine Handaufzucht ist und allerhand Unsinn anstellt. Also taufte ich ihn spontan WILLI, weil er eben so nach Willi aussah (alle anderen Willis mögen mir verzeihen). Wie in Kindertagen saß er da und versuchte durch die Wand hindurch zu kommen. Als ich Kind war, hatten wir einige Igel als Sommergäste in unserem Rhabarber im Garten. Sie tranken Milch und futterten Äpfel, die wir ihnen hinlegten. Tagsüber liefen sie auf unseren Feldern, gegen Abend kehrten sie zurück in ihre „Rhabarber- Pension".

Auch unserem Findling-Igel Willi gaben wir eine flache Schale mit Milch und einen Sommerscheiben-Apfel. Wir gingen erst einmal ins Haus und warteten gespannt ab. Doch die Neugier siegte über den Verstand. Auf Zehenspitzen schlichen wir zum Caport und sahen einen milchschleckenden Willi, der Apfel lag unberührt daneben.

Am Morgen führte uns der erste Weg nach dem Aufstehen zu unserem Willi, doch sein Platz war leer. Wir waren mehr froh als traurig, dass er sich wieder auf den Weg gemacht hatte zu seinen Artgenossen. Wir wünschten ihm im Nachhinein alles Gute!

Inhaltsverzeichnis: